Castilla la Mancha
Murcia
Córdoba
Jaén
Granada
Almería
Málaga
Ana CAMPOS

Texto de Lorena Marín
Ilustraciones de Eva María Gey
Guardas de Ana Campos

C/ Campezo, 13 - 28022 Madrid
Tel.: 91 3009100 - Fax: 91 3009118
www.susaeta.com
Impreso y encuadernado en España

D.L.: M-699-MMXV

GUIA

—Zaida, Zoraida y Zorahaida languidecían en el castillo de Salobreña, llevaban tres años encerradas por culpa de una terrible predicción.

Los mejores astrólogos de al-Ándalus habían recomendado a su padre, el rey Mohamed el Zurdo, que las tuviera cautivas para evitar que se enamorasen de hombres que no fueran de su religión.

Una de las murallas de la fortaleza donde vivían las tres hermanas se extendía rodeando la montaña hasta una roca saliente a los pies del mar. Sobre esa roca, el sultán había mandado construir un lujoso pabellón, para que sus hijas pudieran disfrutar de las increíbles vistas sobre el Mediterráneo o el Mar Blanco Central, así llamado por los árabes.

Cierto día que las muchachas se encontraban disfrutando de la brisa marina, vislumbraron a través de las celosías del pabellón un barco que se acercaba a la costa granadina.

Las muchachas, con el corazón palpitando de emoción (pues tenían pocas distracciones en su cautiverio), observaron cómo desembarcaban varios hombres de la nave. Entre ellos, tres prisioneros cristianos marchaban con la cabeza alta y se notaba que eran de familia noble, no mostraban señales de miedo ni cobardía y caminaban erguidos entre sus raptores.

Como las muchachas no estaban acostumbradas a relacionarse con jóvenes de su edad, aparte de los guardias y criados de la fortaleza, se enamoraron de los guapos guerreros.

Cuando Jadiya, la fiel ama que había criado a las princesas, entró con la cena, se las encontró decaídas y suspirando de amor. Todos los días las muchachas apremiaban a la anciana criada a que les contara relatos sobre bellas cristianas, fiestas de palacios, torneos y justas, historias ocurridas más allá de las fronteras de al-Ándalus.

La fiel sirvienta, viendo su estado y temiendo que enfermaran, mandó un criado hasta la Alhambra para avisar del estado de las jóvenes, aunque sin contar lo de los nobles cristianos. El sultán se enfadó bastante al recibir la noticia de que sus hijas habían llegado a la edad de casarse y estaban en peligro de enamorarse.

Decidió viajar hasta Salobreña para ocuparse del asunto. Sus hijas se alegraron mucho, pues llevaban tres años sin verle, pero ni los más suntuosos trajes de seda, ni las joyas más exquisitas, ni los más exóticos pájaros que el soberano les había traído consiguieron animar a las princesas.

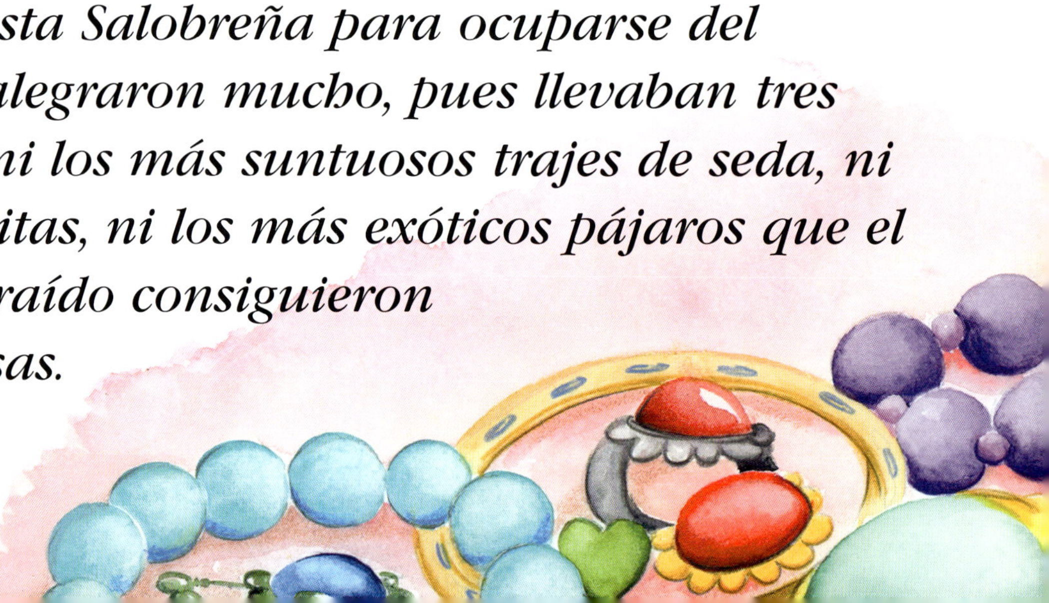

El monarca decidió llevárselas de regreso a la Alhambra.

Durante el viaje de vuelta, en el recorrido del séquito real, no se permitía a nadie levantar la mirada para ver a las princesas. Puertas y ventanas estaban cerradas a cal y canto por orden real. Los soldados, látigo en mano, azotaban al temerario que se atreviera a echar una mirada hacia las tres joyas del rey.

Estaban llegando cerca de Granada, cuando se cruzaron con un grupo de prisioneros cristianos que trabajaban en el campo. Allí estaban los tres nobles que las princesas habían visto cuando bajaban del barco.

Al no estar acostumbrados a humillarse delante de los reyes árabes, se negaron a tirarse al suelo al paso de la cabalgata. Mohamed el Zurdo se enfureció por tal osadía y levantó su cimitarra hacia los tres hombres para quitarles la vida.

En ese momento, Zaida, Zoraida y Zorahaida imploraron a su padre que tuviera clemencia con ellos.

Por un momento, sus velos cayeron y los muchachos pudieron ver su cara, quedando prendados de la increíble belleza de las hermanas.

El rey les concedió su deseo, pero ordenó que fueran llevados a Torres Bermejas, donde trabajarían noche y día sin descanso.

Las princesas fueron alojadas en una de las torres de la Alhambra, bellamente decorada y con unas preciosas vistas. Su padre mandó llamar a las mejores modistas y a los más prestigiosos joyeros del reino para distraer a sus amadas hijas.

Desgraciadamente, las tres muchachas seguían a diario suspirando, acordándose de los nobles castellanos.

La fiel Jadiya se desesperaba, intentando animar a sus amadas niñas.

Sin que el rey Mohamed el Zurdo se enterara, la mujer fue hasta Torres Bermejas y sobornó al carcelero con una bolsa de monedas de oro. El guarda de la cárcel tendría que llevar a los prisioneros hasta un lugar cerca de la torre, donde vivían las princesas.

Los nobles, en los pocos momentos que poseían para descansar del duro trabajo, se dedicaban a cantar y tocar el laúd. Esa fue la única manera que encontraron para comunicarse con las jóvenes.

Todos los días, Zaida, Zoraida y Zorahaida se asomaban a las ventanas para oír las voces de los guapos prisioneros. A veces, ellas también cantaban y recitaban lindas poesías en voz alta.

El asunto duró varios meses sin que el padre de las chicas se enterara. Mas un buen día, los nobles cristianos no aparecieron por aquellos huertos cercanos, donde cavaban de sol a sol.

Las princesas apremiaron a su criada para que se enterase del porqué de la misteriosa ausencia.

—Las familias de vuestros amados han pagado el rescate que pedía el rey a cambio de devolverles sus hijos y dentro de unos días los caballeros se marcharán hacia tierras cristianas —explicó la fiel Jadiya.

Las princesas lloraron amargamente.

Entonces, la vieja criada decidió contarles el ofrecimiento que le habían hecho los tres caballeros:

—Quieren que marchéis con ellos para casaros en su tierra. Pero si vuestro padre se enterara nos encerraría en los más húmedos y oscuros calabozos del castillo.

Las princesas no dudaron ni un segundo y decidieron escapar con sus enamorados. Con la ayuda del carcelero, acordaron partir esa misma noche.

A la hora convenida, el guardián dio la señal, imitando el ulular del búho. La vieja Jadiya lanzó una escala por la ventana y fue la primera en bajar de la Torre de las Infantas. Luego la siguieron Zaida y Zoraida. Cuando le llegó el turno a la más joven, esta quedó paralizada con un pie fuera de la ventana y el otro dentro de la habitación.

Quería escapar con el hombre del que estaba locamente enamorada, pero, por otro lado, no quería hacerle daño a su padre. Zorahaida sabía que el monarca se enfadaría muchísimo y los perseguiría hasta tierras cristianas.

Abajo, entre las plantas, sus hermanas le urgían que bajase.

—No podemos quedarnos aquí —dijo en voz baja el carcelero—, el cambio de guardia nos sorprenderá y no quiero morir a manos del rey.

Finalmente, Zorahaida les susurró que se fueran sin ella. Sus preciosos y almendrados ojos verdes dejaron escapar dos lágrimas.

Horrorizadas sabiendo que la más pequeña de las tres se quedaría por siempre jamás encerrada en la torre, Zaida, Zoraida y su vieja doncella cabalgaron en plena noche hasta el otro lado de las murallas de la Alhambra, donde los cristianos, ya liberados, las esperaban disfrazados de soldados musulmanes.

—Muchos siglos han pasado y más de uno ha dicho haber visto a la más joven de las tres princesas asomada a la ventana de la Torre de las Infantas, cantando una triste melodía y mirando hacia las montañas por donde escaparon sus hermanas —terminó de contar la joven guía.

Los cuatro amigos vieron cómo brillaban y resbalaban dos pequeñas lágrimas en los preciosos y almendrados ojos verdes de Zorahaida.

Andalucía
Extremadura
Sierra More
PORTUGAL
Huelva
Sevilla
Cádiz
Estrecho